MW01275216

Colección dirigida por

ANA MARÍA MOIX

PLAZA & JANÉS

Arturo Uslar Pietri (Caracas, 1906) es uno de los narradores más destacados de las letras hispanas del presente siglo. Autor de una extensísima obra que abarca distintos registros, es uno de los pilares indiscutibles de la novela histórica hispanoamericana, género al que ha contribuido con títulos como *Las lanzas coloradas* (1931), *El camino de El Dorado* (1948), *Un retrato en la geografía* (1962), *Estación de máscaras* (1964), *Oficio de difuntos* (1976) y *La Isla de Robinson* (1981). Aparte de sus incursiones en el teatro (*Chúo Gil y las tejedoras*, 1960), en el campo de poesía (*La visiones del camino*, 1945), en la literatura de viajes (*El globo de colores*, 1974) y en el ensayo (con muestras tan lúcidas y brillantes como *Letras y hombres de Venezuela*, 1948; *Del hacer y deshacer en Venezuela*, 1962; *Vista desde un punto*, 1971; *La otra América*, 1974 y, entre otras, *Fantasmas de dos mundos*, 1979), Uslar Pietri está considerado uno de los más grandes cuentistas de la literatura actual. Sus relatos breves han sido recogidos en diversos volúmenes: *Barrabás* (1928), *Red* (1936), *Treinta hombres y sus sombras*, *Pasos y Pasajeros* (1966) y *Los ganadores* (1980).

Arturo Uslar Pietri

Un mundo de humo y otros cuentos

Selección de
ENRIQUE TURPIN

PLAZA & JANÉS EDITORES, S.A.

Diseño de la portada: Marta Borrell
Fotografía de la portada: © Cover

Primera edición: febrero, 2000

Travessera de Gràcia, 47-49. 08021 Barcelona

Printed in Spain – Impreso en España

ISBN: 84-01-57076-X
Depósito legal: B. 5.639 - 2000

Fotocomposición: Comptex & Ass., S. L.

Impreso en Litografia Rosés, S. A.
Progrés, 54-60. Gavà (Barcelona)

L 5 7 0 7 6 X

UN MUNDO DE HUMO

Un mundo de humo. Un humo acre, lleno de olores azufrosos y ásperos, espeso y extendido, roto a trechos, como una vieja tela sucia, deshilachada, con nudos y arrugas y claros y huecos que todo lo borraba, diluía y fundía en oscuras formas indecisas. Un humo negro, espeso y casi chisporroteante, que se alzaba en columnas temblorosas para deshacerse en el espacio turbio, entre otras vagaradas y fumarolas, grises, blancas y casi azules que se tejían y destejían. Olía a incendio y a cocina y a fritura, con unos vahos dulzarrones, como de azúcar revenida o de fruta podrida. Manaba y rezumaba humo de toda la extensión abarcable con la vista, componiendo y descomponiendo vetas y arabescos lentos. Más allá debía de haber más humo, más cosas que ardieran lenta y muellemente, en un rescoldo dormido y latente en una combustión húmeda que no termina de hacerse ni de alzar en llama, a todo lo ancho de la derramada colina y por las faldas que bajaban en barranco quebrado hacia unas borradas profundidades y lejanías. Hacia otros cerros y otras cuestas y otros valles. Seguramente llenos de humo o borrados por el humo.

A ratos tosía y estornudaba. El humo lo envolvía desde la blanda materia que pisaban los pies blandos, dentro de los rotos y flojos zapatos tibios y casi calientes, hasta la cara barbuda y el negro sombrero de alas gachas y negras que le caía sobre los ojos. Picaba en la garganta y en la nariz con una cosquilla de asfixia que a ratos le hacía alzar la cabeza en una desesperada busca de aire, para luego volver a doblarla sobre el pecho, apaciguado con el humo, y pasarse la mano por el rostro caliente y sudoroso, erizado de aquellos duros pelos de barba hirsutos y dispersos, que hacían manchas blancas, por los grupos de canas de la vejez, como las manchas blancuzcas o amarillosas que a veces tiene la pelambre de los osos hormigueros. No había visto osos hormigueros desde hacía muchos años. Se habrían acabado también. Tenían las patas torcidas y tiesas, la trompa en embudo de la que salía como una lombriz la lengua larga y melosa que dejaba tendida sobre el suelo por ratos para que las hormigas vinieran a posarse sobre ella. Un lomo empinado que remataba en una cresta de largas cerdas erectas. Eran las cerdas del lomo las que eran negras y grises y blancuzcas, como un bosque estrecho en la cumbre de un cerro calvo. Y la cola amplia y desplegada en forma de palma llorona o de rama de sauce. Más allá del humo, si el humo terminaba en alguna parte, debía empezar un bosque. Los bosques eran limpios y despiertos, se podían ver todas las hojas moverse en el aire tocadas por el viento o tocando el viento, y no quedaba sino un rumor arrastrado y tenue que no acababa de borrarse. Tampoco era cosa de ver mucho ahora porque el humo le ardía en los ojos y se los ponía llorosos, rojizos, semicerrados y casi cegatos.

Todo lo que había ahora era cosa destruida, podrida, quemada, rota, humeante, deshecha. Eran capas y capas de cosas deshechas, acolchonadas y fofas, por entre las que manaba el humo. Una estrecha culebrilla o una gruesa bocanada negra, como producida por alguna explosión reducida, sorda y sin eco que ha podido ocurrir más abajo entre los jirones de trapo y los viejos periódicos y los cartones deshechos. A veces pisaba sobre un objeto duro que se hundía bajo el pie entre la informe masa mullida. Era una botella o una lata o el tieso tacón de un pequeño zapato torcido. Un zapato de mujer desflecado y sin color, con tiras de cuero rotas. A veces lo tomaba en la mano y trataba de verlo de cerca. Hacia la punta había tenido unos cortes y bocados en forma de hoja de trébol. Lo que quedaba de suela estaba rojizo de color de ladrillo viejo y polvoriento. ¿Dónde estaría el otro? Habían estado juntos en una vitrina de zapatería y después en los pies de una mujer. Juntos habían andado por calles y pasado puertas y subido a vehículos. Un zapato así no había podido ser de gente pobre sino de gente con dinero, con dinero metido en una hermosa cartera de esas que llevan en la mano las hermosas mujeres ricas que había en las ciudades. Unas carteras con billetes de banco de muchos colores frescos y apetitosos: morado de berenjena, o verde lechuga, o anaranjado de naranja, o marrón seco de chocolate. Debió haber sacado uno o dos billetes, acaso más, o sacó uno de los más grandes y recibió de vuelto varios billetes pequeños y alguna plata en monedas frías y lisas. Para comprar aquellos zapatos. Ahora era uno solo y estaba torcido, roto y deformado y el otro había desaparecido. Tal vez estaba cerca, debajo de algún montón humeante que habría que revolver en profundidad, con el palo en que se apoyaba y que hundía para remover la masa espesa y fofa de cosas. Para qué iba a buscarlo. No podía servir para él. Sonrió mirando al través de los lagrimosos ojos sus propios chatos y despanzurrados zapatos, ya verdosos más que negros. Tampoco ya servían para la dueña que los había tirado o perdido o dado a alguien. O que habían sido entregados a alguien cuando ella murió. Podía haber perecido la dueña antes que los zapatos. Estaría ahora, sin zapatos, enterrada en algún túmulo vistoso y blanco de algún cementerio. Y ahora los zapatos no servían para ella, ni para nadie. Ni aunque hubieran estado de nuevo juntos y lustrosos hubieran servido para ella, si también había muerto. Mucho menos ahora que no quedaba sino uno solo deshecho, aniquilado y feo. Lo lanzó con fuerza a lo lejos y lo entrevió un momento mientras se borraba en el humo en una voltereta lenta que no terminó. Tampoco pudo oír la caída. Debió caer lejos sobre la suave y mullida masa de desperdicios, sin ruido, con la silenciosa quietud de un pájaro.

Arriba revoloteaban grandes vuelos de aves negras y hasta se les oía graznar aleteando y picoteando entre el amasijo de restos. Eran zamuros que debían venir de lejos a girar lentos y absortos entre el humazo espeso, para dejarse caer de pronto sobre alguna presa. Era lo que podía verse más cerca como cosa viva. Más lejos no había sino el silencio y el crepitar del fuego y el eco asordinado de algún derrumbe de cascajos y piltrafas. Más allá, tal vez, podía divisarse la silueta deforme envuelta en trapos, o levantada de los trapos y restos, de un hombre o una mujer. ¿Qué interés podía tener en saberlo?

Un gran muñeco de trapo, sin ojos, oloroso a cecina ahumada, era lo que podía aparecer o borrarse entre la humareda arremansada, hombre o mujer, buscando y escarbando con su palo, con sus manos, con sus pies, entre el revuelto muladar de escorias, reliquias, despojos e inmundicias. Las más de las veces el humo los borraba y los ponía lejos. Hubiera sido menester gritar con fuerza para hacerse oír, poner las manos en corneta y alzar la voz: «Ah..., amigo...» «Ah..., amiga...»

No hubieran contestado y si hubieran contestado no habría tenido qué hablar. Todo lo que había que hacer era buscar y revolver entre los deshechos. Una cinta de seda arrugada, torcida y manchada como una culebra que iba saliendo lentamente tirada por la mano, como una tripa estirada del revuelto montón. Fue a parar a uno de los ahítos bolsillos de aquel gran saco, o gabán, o sobretodo, o hábito talar dentro del que se movía su flaco cuerpo, como un gusano dentro de una fruta podrida. Junto con una cajita de latón azul que había sido de pastillas para la tos, pero estaba vacía, y una boquilla de fumador rota, de pasta negra lustrosa, labrada y mordida por los dientes del que había sido su dueño. Los libros rotos y los cuadernos deshechos con sus ringleras de escritura, que era difícil leer de pie mirando al suelo, chamuscados y ennegrecidos. Cuadernos que habían sido de escolares con el nombre del grado y de la escuela. Y algunos almanaques con lunas y soles y balanzas y toros dibujados en pequeñas viñetas. Debían estar escritos allí los nombres de los santos y los anuncios de la lluvia y del tiempo, y las cruces de las fiestas mayores, de algún año ya pasado hacía mucho tiempo. Un año reciente que hubiera sido un año del humo o un remoto año de calles, o cosechas, o cuarteles. Allí debía estar el nombre de Juan en el mes de junio, junto con el pronóstico del tiempo de lluvia o de sequía. ¿Cómo te llamas tú? No era allí que nadie iba a preguntarle eso. Sin embargo, era lo primero que le había preguntado el General: «Tú eres Juan, el hijo de Nicanor. Pobrecito Nicanor, no tuvo suerte. Todo le salió mal. Era un buen oficial, ¿sabes? Guapo y servidor, pero no tuvo suerte.» Ya se había muerto Nicanor y había mucha necesidad en la casa cuando su madre habló con el General. «Te vas a venir a trabajar conmigo. A ayudarme en todo.» Era flaco el General. Huesudo y nervioso. Tenía la piel seca y arrugada y como de color de tierra. Grande era la casa. El zaguán ancho como una sala. El corredor. El salón. El patio con las matas. La habitación de misia Carmen. El cuarto del General con su hamaca de tejido de palma, siempre colgada. El cuarto de Carmencita. El comedor. El otro patio, los cuartos de desahogo, el servicio, la cocina, el corral con los árboles. La puerta de campo. Cuando abrían el portón principal una campanilla resonaba en toda la casa. Entraban las visitas. Siempre eran las mismas. Los amigos viejos y los políticos. Bigotes y cabezas blancas. Sombreros de panamá. Alguna señora que iba a ver a misia Carmen y pasaba para la galería. Por la tarde las amigas de Carmencita. Taconeos, sedas de colores vivos. Toda la casa se llenaba de olor a perfume. Hablaban, cantaban, reían. Daban cortas carreras como simulando que se perseguían. «Dejen el alboroto», gritaba el General desde la sala donde estaba hablando con mucho misterio con algún jefe. Había, además, los porteros, los sirvientes, las sirvientas, el chofer, la cocinera y los espalderos. Él vino a ser como un espaldero desde el primer momento: «Que le den un revólver a Juan, para que me acompañe.» Estaba en el día en su cuarto del segundo patio o a la puerta hablando con los porteros, los pedigüeños y los visitantes. A veces Carmencita y sus amigas le pedían que les hiciera algún mandado. Y cuando el General salía se sentaba al lado del chofer y lo acompañaba. «¿Cómo te estás portando, Juan?» «Bien, General.»

El palo había tropezado con latas ruidosas y huecas. Las había redondas, cilíndricas, ovaladas, cuadradas, largas. La mitad roja y abollada de una cubierta metálica de queso holandés de bola. Eran aquellos quesos blandos y esféricos, rojos por fuera y amarillos por dentro, que olían a trampa de ratón y a ubre. No servían de mucho las latas, desportilladas, agujereadas o aplastadas. Había muchas de sardinas, chatas, con sus esquinas redondeadas y su tapa arrollada. Les quedaba un penetrante olor de aceite de olivas rancio. No las recogía porque de nada le podían servir. Adentro habrían estado las sardinas plateadas y rosadas, acostadas estrechamente, sin cabeza, con las pequeñas colas peinadas por el aceite. Otras eran latas de salmón con su pez pintado sobre fondo rojo; y latas de galletas, cuadradas y cortantes, con un paisaje o con unas flores en la tapa. Más de una lata redonda para tomar agua, siempre que estuviera limpia de olores y sin herrumbre, no iba a necesitar. A lo sumo alguna otra para llenarla de tierra y sembrar en ella alguna planta. No recogía latas en el gran saco que traía a cuestas, sino que pasaba sobre ellas tambaleando y entraba a una zona donde el humo se hacía más espeso y fuerte. Eran cartones de leche deshechos, recipientes de helados, envoltorios de pan, cajas de pasas vacías, que se quemaban lentamente en su tibia humedad despidiendo un vapor blanquecino e irritante. Ahora le ardían más los ojos y los tenía que mantener casi cerrados, mirando tan sólo por una mínima y entreabierta hendija, y caminando casi al tacto del bastón y de los pies. Allí no quedaba cosa de comer, sino el envoltorio o el desperdicio. Alguna fruta podrida y magullada, algún tomate destripado, algunos restos de arroz o algún filamento lacroso de pimentón. Todo había sido consumido, destruido o desechado cuando ya no quedaba posibilidad de saciar ningún hambre. Habían terminado de mascar todas las bocas, y ya no quedaba sino la humareda sobre la pastosa y ondulada extensión de deshechos, sobras y raeduras.

En casa del General había visto la abundancia. Comían diez, veinte, treinta personas, todos los días. Gallinas, pescados, pavos, lomos enteros de reses. Grandes hojaldres abombados. Natillas y cremas espesas. La despensa parecía una tienda de comestibles y bebidas. Colgaban del techo jamones envueltos en coletas y quesos blancos e inflados como vejigas. Había rimeros de conservas. Cantidad de botellas de vino y de licores acostadas unas sobre otras o de pie con sus etiquetas blancas. «Prueba el vino, Juan, que da fuerza.» El caldo rojo le llenaba la boca como una sangre fría que daba vida. Después veía a las muchachas y a Carmencita con otros ojos. O lo miraba Carmencita a él. Tenía una mirada adormilada y querendona y lucía al andar los pechos y las caderas de una manera provocativa. A veces ella misma lo sorprendía mirándola y se ponía a reír nerviosamente: «¿Qué estás viendo, Juan?» «Cosas.»

Carmencita comía chocolates. A veces estaba sola en la habitación de coser con la caja llena de golosinas. Él pasaba mirando furtivamente. El General dormía la siesta y todo en la casa estaba tranquilo. «¿Quieres un chocolate?» Entraba en el cuarto. Había una penumbra tibia. La muchacha estaba sentada y no podía evitar de mirarle las piernas cruzadas descubiertas hasta más arriba de la rodilla. «Siéntate aquí.» Se sentaba a su lado. «Toma.» Tomó primero un chocolate. Después le tropezó la mano y se la agarró con decisión. «Suéltame.» No la soltó. «Suéltame o grito.» Se resolvió a desafiarla. «Grita.» Se dio por vencida. «Pero un ratico no más y te vas.» Le apretó las manos, le acarició el brazo, se le fue a acercar a la boca. Carmencita saltó rápida y salió del cuarto. Tuvo que salir después mohíno y temeroso. Pero nadie lo había visto.

El humo era como un trapo más tenue y liviano que se levantaba en el aire de entre los otros trapos revueltos y pesados sobre los que iba pisando con unos pasos ahogados. Aquéllos debían ser los restos de una vieja cortina impresa con grandes flores desteñidas o de un cobertor de cama. Levantó la tela por una punta, con el palo, hasta la altura de los ojos. Estaba arrugada y espesa y olía a chamusquina. La dejó caer para recoger un pedazo de espejo de mano que relumbraba roto dentro de su marco de celuloide rosado. Había sido ovalado y el mango tenía una suave curva. Se dobló con trabajo para recogerlo. La larga manga descolgada le cubrió la mano y le impidió, por un momento, agarrarlo. Le fue necesario arremangarse con la otra mano. Con el rostro cerca del suelo se hacía más fuerte el olor acre y fermentado de la basura. Tuvo que cerrar los ojos y contener la respiración. Se enderezó de nuevo y entreabrió los ojos para contemplarlo en su mano. Lo que quedaba eran cuñas alargadas de vidrio azogado que cubrían dispersamente una parte del fondo de cartón gris que le servía de base. Sobre las cuñas de espejo pasaba también, descompuesta en fragmentos, distorsionada e incompleta, una cara barbuda y pringosa casi oculta por un viejo sombrero. Era la suya. Movía el espejo y la veía descomponerse y ondular como si estuviera hecha de partes sueltas. Por entre el oscuro cerco de pelos que sombreaba la boca asomaban los dientes como si estuviera sonriendo. Se pasó la mano libre por la áspera máscara y la vio reflejarse, también rota, en el espejo. Estaba roto el espejo, y estaba rota la cara. Hubiera habido que pegar el espejo para que se pegara la cara y se pudiera ver completa. Iba siguiendo el tacto de la mano sobre el pedazo de vidrio donde la imagen parecía escapar. Resbalaba los dedos sobre la frente, se apretaba los pómulos y sentía el hueco de las mejillas fláccidas. Detrás de aquella piel cerdosa estaba el hueco de las blandas encías sin muelas.

Las podía palpar sobre la piel. Abrió la boca y se puso a tocar los contados dientes. No se podía distinguir en el espejo. O era el humo o ya estaba oscuro. Bajo el dedo gordo sintió una muela floja. Se movía sin dolor como un tallo. Se puso a moverla lentamente, como adormecido, hasta que se le cayó el espejo de la mano.

Fue cuando iba a morir su madre. Tuvo largos días de agonía. Se había puesto seca y tosía todo el tiempo. El General se había portado bien. Mandó un médico, mandó dinero. Algunos amigos de la casa iban a acompañar. Hasta misia Carmen y Carmencita se quedaron algunas noches en que la enferma estuvo peor. Se hacía conversación en voz baja en el corredor o en la pequeña sala mientras se oía el ronquido estertoroso de la moribunda. Fue por la tarde del último día. Al comienzo de la tarde, misia Carmen había salido. Las cansadas acompañantes se fueron retirando. Vinieron a quedar Carmencita y él, solos en el corredor. No se atrevían a hablar y se miraban como con susto. No se oía sino aquel sonido de fuelle de la respiración de la enferma. Carmencita estaba sentada, con las piernas recogidas y la cabeza sobre el pecho como en una actitud de espera o de temor. Fue entonces cuando le vino aquel impulso loco e incontenible. Se levantó. Cerró el pasador de la puerta de la calle. Se acercó a Carmencita, la agarró de una mano y la hizo levantarse. Ella lo dejaba hacer absorta y como ausente. La llevó a la sala. Se abrazaron y se besaron, sin término, con una torpe furia. Se recostaron sobre el sofá. Rodaron al suelo. Fue mucho después cuando parecieron darse cuenta. Alguien tocaba a la puerta. Carmencita se arregló deprisa y se sentó en el corredor. Él fue a abrir. Casi no podía hablar. Era una vecina que venía a acompañar a la moribunda.

Todo parecía estar solo. Ya ni los grandes pájaros negros, que revoloteaban entre los restos, se veían. Ni gentes, ni ruidos, ni ecos, sino sus contados pasos sobre la masa acolchonada.

La sequedad caliente de la garganta

lo hacía toser. Estaba entre una racha lenta de humo oscuro que lo cubría. Como si anduviera por la superficie pastosa de una gran marmita de hospicio, ya casi sin caldo, todas de natas, pellejos y paillas, colmada de bazofia apelmazada. Era maravillosamente fresco y suave el contacto de los muslos de Carmencita. La mano resbalaba sobre la piel plena de una luminosidad de brasa dormida. Era fresca la boca de Carmencita, jugosa, espesa y muelle. La podía besar con furia sin que tropezaran los dientes. Se quedaba, entonces, por largos ratos ausente y desvanecida. Fresca y jugosa era también la carne de las sandías. Golpeadas por el puño sonaban a hueco. El cuchillo las cortaba a lo largo con un recorrido sin esfuerzo y aparecía la jugosa y fresca rojez del fruto sembrado de pepitas negras. Podía comerse a grandes dentelladas, mientras el jugo corría y se derramaba por las comisuras de los labios y entre la lengua y los dientes resbalaban las semillas negras y lisas. Había que escupirlas a lo lejos. Y aquellas naranjas de la mata del corral que eran increíblemente amarillas, redondas y grandes, con su pequeño ombligo en la punta. Era una mata espesa y abierta que se llenaba de naranjas. Casi tantas naranjas como hojas verdes. En plena carga parecía agobiada y a punto de desgajarse. Las alcanzaba con la mano. La más amarilla, jugosa y grande y con la navaja de bolsillo la cortaba en cruz en cuatro partes. Olía a zumo vivo y después le quedaba el escozor en los labios. No faltaba alguien del servicio que viniera a decirle: «Al General no le gusta que le cojan las naranjas.» Encogía los hombros con indiferencia. Todas las naranjas de todas las cosechas eran menos que la entrada de noche, de puntillas, aguzando el oído a todos los ruidos, al cuarto de Carmencita: «Sí, soy yo. No hagas bulla.» Tosió de sequedad. Todo estaba quieto y todo parecía estar solo. Ya ni se veían los grandes pájaros negros que revoloteaban entre los restos. Ni gentes, ni voces, ni ecos. Seguía detenido o pisando sin ruido sobre la masa acolchonada de los trapos y los desperdicios. Podía ser hora de seguir buscando. Podía ser ya hora de regresar. Era como buscar sin término y sin orden la ciudad entera. Todo lo que había sido la ciudad entera. Lo que había estado en las casas, en las vitrinas, en los armarios, en las mesas, sobre los cuerpos. Una media rota, un paraguas deshecho, un bolso de mujer abierto y desfondado como una boca de pez muerto. Todo allí tranquilo, echado, suelto, en un descanso sin término. Todo caído y despojado. Todo como distinto y devuelto y arrebatado para él solo. Para que él solo lo pisara y lo revolviera y revolviera si lo recogía o lo dejaba. Las camas o las patas de las camas o los resortes rotos de los jergones, o los peines desdentados o los cepillos con las cerdas aplastadas y calvas, o las plumas de adorno de alguna boa femenina, o las plumas grises arrancadas a una gallina, cuyos huesos no eran, seguramente, aquellos que estaban cerca. O el portamonedas descosido que conservaba sus estrías de falsa piel de cocodrilo. A ése lo podía recoger. Había sido un portamonedas.

Carmencita le dejaba abierta la puerta del cuarto por la noche. Hasta que el General los sorprendió. Alguien debió decírselo. Lo amenazaba con el revólver en la mano y gritaba como nunca había oído gritar. «Lo voy a matar como un perro, que es lo que usted se merece.» «Hacerme eso a mí, en mi casa, con mi hija.» Pateaba y bramaba sacudiéndole el arma en la cara. Misia Carmen vino a amparar a Carmencita. Toda la casa estaba sacudida por el alboroto. «Cálmate, que se van a enterar los vecinos.» «Que se enteren. Llévate a esa puta antes que la mate.» «Hacerme eso a mí.» Era lo que repetía todo el tiempo. Los espalderos tenían agarrado a Juan. «Ésta me la vas a pagar.» «Ahora es que vas a saber para qué naciste.» «Tú no sabes con quien te has metido.» Estaba erizado como un gallo de pelea. «Matarte sería poco. Me la vas a pagar más completa.» Había sentido un alivio, en medio del susto. No lo iban a matar. Quién sabe qué cosas atroces le iba a hacer aquel hombre enfurecido y poderoso. «Lo recojo de la calle. Muerto de hambre. Le entierro la madre. Lo traigo a mi casa. Para que me salga con esto.» Los espalderos le hacían coro. Repetían sus palabras y sus insultos como un eco. Le habían dado golpes. Sangraba por la boca y por la nariz. Lo sujetaban con fuerza con los brazos doblados sobre la espalda. «A lo mejor creíste que yo te iba a casar con ella. No. Estás equivocado. Prefiero que se meta a puta.» Insultaba a su padre. Insultaba a su madre. Ladrón, cobarde, flojo, alcahueta, pedigüeño, sablista, chismoso, vendido. Se ponía rojo y tieso y con las venas del cuello brotadas como un gallo que canta. Él no hacía sino oírlo y verle sacudir la mano en que tenía el revólver.

Era un cuchillo de mesa con la hoja partida y un mango de madera clara con remaches de cobre. No era un arma sino un simple cuchillo de comedor de poco filo. Partido. Tal vez se partió sobre un hueso o alguien se puso a palanquear una tapa con la hoja y la partió. Una de esas tapas redondas de potes de harina o de polvo de chocolate que calzan muy ajustadamente y tienen un pequeño borde en forma de pestaña. Alguien que quería abrirla con prisa y metió la hoja del cuchillo bajo la pestaña de metal para tratar de levantarla. Debió forzarla mucho, doblarla casi en ángulo recto, hasta que saltó rota. Ahora la tenía allí en las manos. Aunque fuera tan sólo un pedazo de cuchillo para algo podía servir. Para cortar cosas blandas, para remover tierra y hasta para defenderse. Era mejor guardarlo. Lo arrojó dentro del saco.

¿Quién podría sacar con exactitud la cuenta de los años? Los años de la prisión fueron largos. Largos, olvidados e iguales. Los compañeros que dormían en la cuadra con él le preguntaban si era un preso político. No lo sabía. Tampoco lo habían llevado a un tribunal, como aquel otro que estaba allí por haber matado un comerciante. O aquel otro que le había dado unos machetazos a un compadre un día de fiesta. O aquel otro. ¿Cómo era que se llamaba? Que había matado a palos a un niguatoso, barrigón, pordiosero, borracho y falta de respeto que un día, saliendo de la bodega, delante de todos los hombres, le tocó el cuello. Fue que se puso loco, decía. Empezó a darle palos con un pardillo que traía y no terminó hasta que se lo quitaron. Al principio chillaba como un marrano. Después ya no se quejaba. «¿Y tú, Juan, eres preso político?» Hubiera podido estar allí por matar al General. A ése sí lo hubiera matado con gusto. A palos como un marrano hasta dejarlo tendido. Y hubiera echado para la calle a Carmencita y a misia Carmen. Y a todos los sirvientes y espalderos. Y le hubiera pegado candela a la casa, para verla arder completa, sin que se salvara nada, desde el techo y las paredes, hasta las cortinas y las camas, y las mesas, y los cuadros, y las latas de aceite, y los jamones. Y hubiera tirado al patio las botellas de vino. Hasta que quedara el General sepultado y hundido debajo de todo aquello. Y la gente gritando y pidiendo socorro en la calle, sin atreverse a apagar la candela. Y la candela pasando de casa en casa. La gente preguntaría: «¿Quién mató al General?» «¿No lo saben? Es Juan. ¡Juan!» «¿Quién le pegó fuego a la casa y a la calle?» «¿Quién va a ser? ¡Juan!»

Se puso a recoger cosas desordenadamente. Cosas que no debía recoger. Todo lo que iba tropezando lo agarraba y lo metía en el saco. Trapos chamuscados, latas, flores marchitas, cartones rotos. El saco crecía hinchado y se iba poniendo más gordo que su silueta. Una cabeza de muñeca de celuloide. Una zaranda rota de hojalata llena de colorines. Envuelta en papeles descubrió una rata muerta. El gris plomizo se hacía blanco en el vientre. Los ojos parecían dos pequeñas cuentas. En la trompa puntiaguda tenía un manojo de cerdas erizadas como un bigote. La lanzó lejos y siguió recogiendo sin parar.

Lo soltaron un día. No podía llevar la cuenta como los presos criminales que sabían los años y los meses que le faltaban. Podían soltarlo en cualquier año o no soltarlo nunca. Pensaba que el día que se muriera el General, que se muriera Carmencita, lo soltarían. Lo soltaron un día de mucha agitación y alboroto con muchos presos, con casi todos los presos. «¿Se murió el General?», preguntó. Le dijeron que sí. Pero en la calle supo pronto que el que había muerto era el General que mandaba por encima de todos, el gran jefe. El suyo seguía vivo y no olvidaba. Había pasado muchos años preso y se había desacostumbrado de trabajar. Años de estar en cuclillas en la cuadra o lavando patios. Un compañero de prisión le regaló un traje y le consiguió un trabajo. Estaba afeitado y limpio y parecía otro hombre. Lo colocaron de caporal de trabajadores en la construcción de un tramo de carretera. El primer sábado recibió la paga. No había visto dinero suyo hacía tanto tiempo. Pero allí mismo, muy pronto, empezó la cosa. Lo llamó el encargado de las obras. Parecía estar apenado. «Amigo Juan, yo lo siento, pero no vamos a poder seguir teniéndolo aquí. Pase a recoger lo que se le debe.» Se puso a averiguar con unos y con otros y llegó a saber lo que había pasado. Era el General que lo había localizado y había hecho la gestión con los dueños de la empresa para que lo echaran. Quién sabe lo que les habría dicho. Se puso a buscar otro empleo bien lejos y bien desconocido del General. Encargado de un depósito de materiales en un barrio apartado, en una casa vieja con una gran puerta de madera claveteada. Pero no pasó mucho tiempo sin que lo llamara el hombre que lo empleó: «Amigo Juan, yo lo siento...» No lo dejó terminar: «Ya yo sé. Es el General, quédese con su pedazo de depósito.» Se fue. En todas partes era lo mismo, cualquiera que fuera el empleo. No lo olvidaban, ni lo dejaban quieto. Pasaba unos días trabajando y luego venía la llamada y el recado aquel siempre igual. Podía ser en el taller mecánico donde consiguió colocación como vigilante nocturno. Toda la noche solo, caminando con una linterna, por entre los tornos, las prensas y los motores. Tan sólo su sombra inmensa estaba con él y se bamboleaba en las paredes a uno y otro lado de la luz. Pero también aparecía el otro: «Amigo Juan, lo siento mucho...» No lo iban a dejar tranquilo en ninguna parte. Aunque se cambiara el nombre. Alguna vez dijo que se llamaba Evangelista o Pedro, pero fue lo mismo. «No vamos a poder seguir con usted, amigo Juan o amigo Pedro...» «Ahí le dejo su pedazo de portería», le dijo con furia al que lo llamó para despedirlo de portero. Alguna vez se atrevió a añadir: «Yo sé que el que me manda echar es el General.» Pero nadie se atrevía a confesárselo. «¿Qué General?» A él no lo iban a engañar tan fácilmente. Hasta al hombre que le daba menudas mercancías para que las fuera a vender por la calle como buhonero tuvieron que llamarlo: «No voy a poder seguir con usted, amigo Juan...» No podía ni siquiera ponerse a vender billetes de lotería.

A pesar de que todavía tenía una voz alta y llena que alcanzaba muy lejos.

El humo apaga la voz y la asordina sin dejarla llegar a toda la distancia. Si no hubiera tanto humo con la voz podría llenar toda la ancha colina y desbordarla rodando por las cuestas hasta donde el aire estuviera limpio. «El cuatro mil setecientos veintitrés.» Con un grito así se podía abarcar más de una cuadra y penetrar al interior de las casas para llamar a las gentes. «Para hoy. Última hora.» Salían las mujeres a los zaguanes con apicaradas caras de esperanza. Las fachadas del humo, las puertas del humo, los zaguanes del humo se poblaban de figuras de humo envueltas en pañolones oscuros de humo de sirvientas de humo, con manos deshechas que flotaban tendidas para agarrar un papel de humo cubierto de números que salían de sus manos a flotar y diluirse. Unas sucias monedas ahumadas y sin peso rodaban por entre los largos dedos de sinuoso vapor gris. Había que romper el billete en fragmentos. Uno para cada mano y para cada moneda. «Éste va a salir seguro.» «¿Seguro?» «Seguro.» «Con el primer premio.» «Con el gordo.» Se inflaba y extendía la traza de billete en lienzo de fumarola destejida. Cuando se miraba las manos, entre el escozor de los ojos semicerrados, las hallaba vacías. «No vamos a poder seguir dándole billetes para la venta, Juan.»

Llegó a la puerta de la casa del General y se puso a hablar con un hombre desconocido que parecía el portero. No lo conocieron. Salieron y entraron otros hombres y mujeres que tampoco lo reconocieron. «¿Qué se le ofrece?» «Darle un saludito al General cuando salga.» «No debe tardar.» Sentía en el bolsillo el peso del revólver negro cañón largo, que le había robado a un policía borracho tendido en un portal. Uno que otro de los que lo habían conocido antes salió y pasó frente a él mirándolo con indiferencia sin reconocerlo. Debía parecer más viejo de lo que era en realidad. Y además sucio, abandonado y maltrecho. Salió misia Carmen. Se había puesto encorvada y flaca. Se agarraba del brazo de una mujer gorda, cara redonda, pechona, con un moño muy grande en la cabeza. Debía ser Carmencita. Lo vieron sin reconocerlo. Montaron en un automóvil y se fueron. «Ésta es la señora Carmencita, ¿verdad?», le preguntó al portero. «Sí, claro.» «¿Vive aquí en la casa?» «No, hombre, vive en su casa con su marido y sus hijos.» «¿Tardará mucho el General?» «No, ya no debe tardar. Tenga paciencia.» Se metió la mano en el bolsillo y apretó el mango de madera del revólver. El que salía ahora sí era el

General. Tampoco lo hubiera podido conocer. Parecía un palo de escoba de flaco. Le flotaba la ropa. La cara se le había puesto más seca y más chiquita y los bigotes más cerdosos e hirsutos. Caminaba con unos pasos cortos como si le dolieran los pies y veía fijamente hacia adelante como si no se diera cuenta de lo que pasaba a su lado. Cuando estuvo junto a él tampoco lo vio. Cuando le dijo con una voz apretada: «Sepa que yo soy Juan», tampoco pareció oírlo. Ni siquiera cuando sacó el revólver y se lo manotearon y quitaron los espalderos sin dejarlo disparar. Apenas se volvió entonces hacia él, con más extrañeza que susto. Lo vio como desde lejos apretado y zarandeado por los hombres. Sin embargo, pudo distinguir su vocecita cascada: «Ajá, ajá, ¿qué le parece? El hombre me quería atacar. Llévenlo preso. Que lo frieguen bien fregado.»

Ahora sí que hace tiempo que debe estar muerto. Y también misia Carmen y hasta quién sabe si Carmencita, gorda y carona, y hasta el marido. La casa la habrán cerrado o la habrán demolido. Ya no debe quedar ni sábana, ni media, ni colgadura, ni zapato, ni jamón de aquellos días. Ni gente para recordárselos, ni para recordarlos con ellos. Tanto que se sacudió para que le dejaran quieto, para que lo dejaran solo. Ahora camina entre el humo más oscuro y turbio. Siempre es así hacia los bordes.

No se ve ni sombra ni silueta de gente. Pisa el revoltijo de cosas maceradas y humeantes ya sin mirar. Ya sin interés de recoger más nada. Hay un montón amarillo de cáscaras de naranja donde vacilan sus pasos. Se agacha a recoger tres granos blancos de semilla alargados. Están húmedos en el hueco de su mano. Sigue faldeando por entre los montones más recientes de desperdicios. Casi arrastra el pesado saco lleno de los mugrientos despojos. Sin que lo abandone el humo va entrando en una vereda de tierra más firme. La vereda se alarga estrecha ondulando con las formas de la cuesta que se pierde arriba y abajo en nubosidad acre. Está frente a un cobertizo desigual de tablas y cartones, cubierto arriba de pedazos de latas pisados con piedras.

Empuja la puerta desajustada, entra y arroja el pesado saco al suelo. Se quita el sombrero y se tiende vestido sobre el camastro de trapos revueltos. Por la puerta entra ya la oscuridad de la noche y por una esquina del vano se ve parpadear a lo lejos una luz. Siente de nuevo los granos de naranja en la mano. Se alza con pesadez, hurga en el saco y en los rincones hasta que se encuentra un pequeño pote cilíndrico. Va a la puerta y con el cuchillo roto que ha recogido remueve tierra de la entrada y lo va llenando con ella. Con el dedo hace un hueco en medio, mete las tres semillas y las recubre suavemente. Deja el pote en el suelo y se vuelve a echar. Una mata de naranja necesita espacio. Tal vez sobre el barranco haya un sitio. Hay que regarla. Se vuelve a levantar. Toma la lata en la que tiene el agua de beber y vierte un poco de ella sobre la tierra seca del pote. Se ha puesto más pesado en su mano. Se tiende de nuevo y se estira en la oscuridad. Toma tiempo en nacer una mata de naranja. Las primeras hojas son de un verde pálido y brillante que parece que alguien las hubiera sobado con la mano llena de sudor.

UN ESPEJO ROTO

Ahora sólo veía el ojo. Un ojo grande, próximo, extraviado, solo, que llenaba aquel pedazo triangular del espejo roto. Era un ojo joven, quieto, que parecía interrogar. Era el suyo. Mirando hacia el vidrio, mirando del vidrio hacia el ojo. Los otros pedazos estaban en luz y en sombra, cuadrados, triangulares, pequeños, granulados, grandes. Al moverse se llenaban de trozos dispersos del ambiente. Salía un fondo de pared, un maniquí hinchado con su flaca cabeza de madera torneada, el arabesco de la cornisa de un armario, un mechón de su pelo. Un pelo que no parecía suyo, que podía ser una vieja peluca olvidada, un puñado de cerdas, una estopa, o, tal vez, un alborotado mechón de la adolescencia. Cuando había tenido bucles. Ahora desaparecía el ojo y en otro pedazo asomaba aquella dura ceja pintada e inerte. Pintada como pintaban a los muertos en las funerarias elegantes. Con carmín, azul en los ojos cerrados y una especie de cera traslúcida que cubría la piel.

Había topado con el espejo sin querer. Debía estar desde años y años allí, en el fondo de aquel viejo baúl abollado. Desde que se le rompió, tal vez. Desde que se le escapó de la mano mientras se contemplaba distraídamente y chocó con un golpe seco y sordo contra el pavimento del cuarto. No quiso verlo. Debía haberse roto. ¿En cuántos pedazos? Cada pedazo sería un año de desgracia. Por cada pedazo asomaba una lechuza del tiempo agorando males e infortunios. Fue un descuido imperdonable. Siempre le había tenido temor a los espejos, a aquel hueco sin fondo que le devolvía su rostro, a aquella aparición tan extraña que era ella misma y en que se reconocía y se desconocía sin término. Pasaba largos ratos ante ellos, moviendo los ojos, la boca, las mejillas, girando la cara para abarcarse desde todos los ángulos. Mirándose como una extraña, como otro ser que la acechara. Pero siempre con cuidado extremo. Podían romperse. Era como si se rompiera el mundo que reflejaban. Como si se rompiera la imagen que estaba frente a ella. Y cada pedazo anunciaba un año de desventura. Un año de malas noticias, de muertes, de alejamientos, de mala sombra, de esperanzas fallidas, de caras tristes, de enfermedades, de dolorosas e irreparables pérdidas.

Aquel espejo se lo había regalado Santiago. Su primer marido. Una pieza de marfil lustroso, suave al tacto, con esfumadas vetas y con sus iniciales grabadas en negro profundo en el reverso.

En el anverso estaba la redonda lámina límpida que la había reflejado tantas veces, hasta aquel día en que le resbaló de las manos y se partió en muchos pedazos que no quiso contar. No saltaron, sino que se quedaron dentro como formando una caprichosa telaraña de rayas opacas, un rompecabezas de pedazos desiguales que se mantenían juntos de un modo exacto. Todo lo que reflejaban estaba igualmente partido. Cuando miró hacia abajo, con horror, miró una desordenada convergencia de reflejos, de ella misma y de lo que la rodeaba, como si todo se hubiera desintegrado con el vidrio.

Quedó sobrecogida y sin saber qué hacer. Tardó en llamar a la criada.

«Mira este horror.» La criada puso cara de susto. «Llévatelo. Tíralo donde no lo vea.» No supo más de él, pero no se le iba de la memoria un solo momento. Cuando se enfermó el primer niño se acordó del espejo. Estuvo muy grave pero logró salvarse. Cuando vinieron a hacer preso a su marido se acordó del espejo. Nada tenía que ver con la política y, sin embargo, por una fatal coincidencia cayó preso. Había estado en contacto con alguien que era cómplice o amigo de un conspirador o de un supuesto conspirador. Cuando después de ser puesto en libertad regresó su marido, no había vuelto a ser el mismo. Inapetente, flaco, asustadizo. Hasta que se le desató aquella enfermedad desconocida, rápida, que lo mató en cortos días. No se atrevía a contar las desgracias grandes y pequeñas que le habían pasado y no sabía tampoco cuántos eran los pedazos del espejo.

Pedazo pequeño, desgracia pequeña, pedazo grande, desgracia grande. Pero no había desgracia pequeña. La mancha sobre el traje nuevo, el perro extraviado en el vecindario, el canario que amaneció muerto en la jaula, de espaldas, con los flacos alambres de las patas vacíos en el aire. Todas eran desventuras, todas dolían. La más pequeña que hubiera cabido en el pedazo más pequeño del espejo tendría que hacerla sufrir. Por eso había querido eliminarlo, no verlo más. Pero tampoco podían tirarlo al azar, en la basura o en el descampado, porque seguiría partiéndose en nuevas ocasiones de infortunio.

No había vuelto a saber de él hasta ahora. Hasta que subió al desván entre aquel amontonamiento de cosas viejas y abandonadas que olían a clausura y a humedad. Hasta que abrió el viejo baúl y se puso a sacar aquellas cosas olvidadas.

Una mantilla rota de fino encaje negro. Una mantilla de ir a la misa. Cuando se usaban mantillas para ir a la misa. Hacía tantos años. Hacía aquel juego de hilos oscuros que se combinaban sobre la piel, con sus breves nudos y sus pequeñas escalas perdidas. Y unas peinetas de carey. Estaba rota la mantilla.

Desgarrada. Había sido, ahora recordaba, aquel rapto de ira ciega, aquel disputarse. Estaba recién casada con el segundo marido. Ella salía para la iglesia, era el domingo en la mañana, y él le había dicho algo desagradable. Ella intentó seguir como si no lo oyera. «No me estás oyendo.» Eran gritos. Y aquel manotazo para detenerla. Crujió la mantilla desgarrada. Era un hombre violento. Por lo demás era bueno. El mal humor y el juego eran sus defectos. Llegaba, con frecuencia, en la alta madrugada. Ella hablaba con él, entre dormida y despierta. Por el timbre de la voz sabía si había ganado. Cuando ganaba, ganaba mucho. Hablaba de «luises». Quinientos luises, dos mil luises.

Eran también las ocasiones de regalos. Aquella esmeralda. Se miró la mano pero no la tenía. Un pedazo de luz verde cuajada sobre el dedo. O aquel brillante de tintes rosados. Lo había vendido más tarde. A la hora de venderlo no le querían dar ni lo que él había pagado. Así era siempre. A la hora de vender las cosas valen mucho menos. Fue en uno de aquellos días de gruesas pérdidas. Cuando él regresaba casi con la mañana, reconcentrado y maldiciente. Nada había que preguntarle. Era la hora de vender joyas, de hipotecar la casa. «Una racha increíble de mala suerte.» Contaba cómo los albures habían venido todos en contra. Tenía puntos muy buenos, puntos para arriesgarlo todo, pero había otro que tenía un punto mejor. Cuando la suerte se pone así no hay nada que hacer. «Ya cambiará.»

Lo veía entonces con aquel mismo ojo que ahora se reflejaba en el pedazo de espejo. Un ojo joven, seguro y confiado. Así se veía entonces. Eran días de disputa, de mala voluntad y de no hablarse. «No se puede vivir así.» Cada despertar en la madrugada era como una visión de aparecidos. Era como si cada vez llegara una persona distinta. Aquel hombre contento y dicharachero que hablaba de millares de luises, de la nueva joya que le iba a regalar, de los nuevos muebles, del viaje que iban a hacer. «Despiértate. No pierdas el tiempo durmiendo.» O aquel otro, envejecido, doblado, silencioso, con los ojos en sombra. «Mal. La cosa estuvo mal.» Era aquel mismo ojo el que lo veía, era sobre aquella misma mirada que pasaban las palabras. Hasta que resolvió separarse de él.

No era con aquella boca que ahora aparecía en otro fragmento de espejo. Ésta era una boca envejecida, con estrías de arrugas, con un menudo rayado sobre los labios como si el aliento de una larga vida los hubiera ido quemando. Aquellos labios envejecidos y aquellos dientes lustrosos que seguían siendo jóvenes. Era una mueca lo que estaba haciendo ante el vidrio que la reflejaba. Siempre había pensado con horror en que llegaría a ser así. Una máscara ajena.

Tropezó en el baúl con una muñeca rota. La hinchada cabeza de pasta de colores sobre el cuerpo de almohadilla. ¿De cuál de sus tres hijas había sido? De las dos del primer matrimonio o de la del segundo. Jugaba con las niñas como una niña. Se embebía con ellas en aquella representación en que ella se iba poniendo pequeña y ellas se iban poniendo grandes. Vestían a las muñecas para distintas ceremonias, las casaban, las llevaban a bailes en que la música no se oía sino en la memoria de los que jugaban. Llegaba a pelearse con las niñas por las muñecas hasta que el juego terminaba en disputa. Después de sus hijas, habían sido las nietas las que venían a tomar la merienda de vez en cuando. Y le decían «Mamá vieja». Y también «Yayá».

La vejez que estaba en aquella boca que reflejaba el fragmento de espejo. Habían salido tantas palabras por aquella boca, había cambiado tantas veces de voz. Ahora parecía una voz más lejana, más ajena, casi como si no la dijera sino que la oyera con la mente.

Había hecho muchas ceremonias con las muñecas. Jugando con las hijas y con las nietas y con las biznietas. Era siempre el mismo juego. Vestirlas para el baile. Para encontrar un galán de corbata negra y pechera blanca. O para la ceremonia del matrimonio. Los de las muñecas y los de la familia. El matrimonio de la primera hija. Los largos preparativos. El traje, los adornos, el ramo, las invitaciones. Días y días escribiendo tarjetas con listas interminables de nombres. No iba a caber en la casa tanta gente. No era entonces muy grande la casa. Era en los tiempos del primer marido. Llegaba gente desde que comenzó la recepción casi hasta el fin. Llenaban los salones, los corredores, los pasadizos, las alcobas. Había varios cuartos llenos de regalos. Lámparas, floreros de cristal, figuras de terracota y largas filas de platos, de vasos y de cubiertos. Parecía una tienda.

También había venido gente en los entierros y se había llenado la casa.

Humo, calor, velas y el catafalco que asomaba entre las cabezas como un arrecife entre el agua. Y aquella cantidad de coronas. Toda la casa olía a flores y hasta muchos días después aparecía una azucena marchita debajo de una poltrona.

Más grande fue la casa que tuvo al comienzo de su segundo matrimonio. Ahora veía la mano que sostenía el espejo roto. Era como una mano ajena, esquelética, huesuda, cubierta de manchas oscuras, con las coyunturas demasiado gruesas. De nada servían las cremas. Precisamente lo que había tenido más bonito eran las manos. Se las alababan todos. «Para tocar la viola de amor», decía aquel poeta que se había enamorado de ella. ¿Cuándo fue? Entre el primero y el segundo marido. Cuando vivió en la casa pequeña. Venían poetas y pintores amigos de sus hijas. Se recitaba, se ponía en el fonógrafo *Preludio a la siesta de un fauno* y se hacía el elogio de sus manos. Uno de los pintores las pintó. Solas como si volaran en un espacio vacío.

El matrimonio de la segunda hija fue en la primera casa grande del marido jugador. La recepción había sido todavía mucho más numerosa que la primera vez. Pero poco después habían tenido que mudarse a una casa más pequeña. Al azar de las madrugadas de ganancias o de pérdidas se cambiaba de casa o de muebles, o de cuadros o de joyas y automóviles. Habían sido muchas casas. La del Paraíso, la primera del Este, con aquel jardín tan extenso, la de la colina que dominaba media ciudad, el pequeño apartamento de la mala racha.

Estaba allí, en el baúl, aquel pedazo amarillo de vela a medio quemar. Apartó la mirada. Era del velorio de la segunda hija. La única ceremonia que no había jugado con las muñecas era la de los entierros. Pero, en cambio, cuántos había habido en la casa y en la familia. Los de una hija y dos nietos. Los del primero y el tercer maridos. El último fue el que más le duró. Ya era viejo cuando se casó con ella y parecía que no iba a terminar de envejecer nunca.

Con una piel lustrosa y muerta como de máscara de cera. Con un bigote entre blanco de canas y amarillo de tabaco. Delgado, alto, fino, muy bien puesto siempre. Los trajes y las camisas debían estar impecablemente planchados. Si le ponían más almidón del necesario protestaba, si le ponían menos también.

Fue con el que vivió más largo tiempo en una misma casa. En la penúltima. Después se había venido o la habían mudado los hijos a esta otra, donde estaba ahora, a la que no acababa de acostumbrarse. Con su segundo marido había perdido mucho el apego de las cosas. Aquel constante cambiar de casas y de muebles no le daba tiempo para acostumbrarse a nada. Aquella silla de Viena, con la esterilla rota, que estaba allí contra una pared del desván, era todo lo que quedaba de una de aquellas mudanzas. Las grandes mecedoras de Viena se movían en un ancho corredor con jaulas de pájaros, sobre un jardín lleno de flores y de palmeras. Era así como se usaba entonces. Hubo también aquellos muebles de mimbre blanco, muy adornados. No quedó ninguno de ellos. Como no quedó nada de aquellos paisajes que estuvieron colgados en uno de los salones. Uno borroso, con mucha bruma dorada, que debía ser extranjero. Un río, un bosque y, más allá, los techos de una aldea muy puntudos. Y a lo lejos algunas figuras borrosas de gente entre los árboles. O aquel otro, tan lleno de luz, que representaba un trapiche con su torre rojiza frente a un inmenso monte verde lleno de luz. Un paisaje que se parecía a muchos que ella había visto cuando todavía había haciendas de caña y trapiches en los alrededores de la ciudad.

Ése era el paisaje que le gustaba más a la primera nieta que se le casó. Fue su regalo de boda. Del matrimonio de la última hija al de la primera nieta parecía que había pasado muy poco tiempo. Ahora asomaba en el espejo aquella nariz que se le había ido poniendo ganchuda y tejida de estrías. Apartó la vista. El matrimonio de la primera nieta había sido distinto. Había aparecido mucha gente nueva. Mucho joven desconocido. «¿De quién es hijo?» Era como reconocer fisonomías cambiadas en fisonomías nuevas. Estaban también allí su hija con su marido haciendo el papel de padres de la desposada. Ella estaba en segundo término. Con su tercer marido, muy elegante dentro de su frac impecable.

Empezó luego el tiempo de los biznietos. Otra vez las meriendas y las muñecas. Ella se empeñaba en repetir los juegos y las ceremonias pero aquellos niños nuevos no parecían interesarse. Hablaban de otras cosas, de películas, de actores, de atletas, o de personajes de televisión. Pero ella se ponía impertérrita a organizar para las niñas su ceremonia de muñecas. El casorio solemne de una muñeca con velo y un muñeco de corbata negra. Los niños no la seguían. Se iban a correr por el patio de la casa o encendían el televisor. Jugaban juntos los varones y las niñas y se peleaban como iguales. No oían su voz que los llamaba al orden. Tenía que intervenir una sirviente y poner orden con amenazas. Vendrían nuevos matrimonios y nuevas ceremonias. Terminado el turno de los biznietos iba a comenzar el de los tataranietos.

Recordaba cuando le habían llevado el primero. Ya su nombre no tenía nada que ver con el de ella ni con el de ninguno de sus maridos. Era aquel niño menudo en cuyo rostro buscaba huellas de recuerdo de los rasgos de la familia. En cuya boca torpe recomenzaba aquel mismo balbuceo de *aes* que tantas veces había oído comenzar en tantas menudas cabezas. Con el mismo baboso ahogo. Con la misma mirada inexpresiva. Lo que cambiaba era la vestimenta. Desde las enormes sayas bordadas de bautizo en las que desaparecía entre lazos la cabeza llorosa, hasta aquellos niños recientes casi desnudos que pataleaban al aire como animalitos abandonados. Pero era el mismo corto y ahogado fuelle de buche. De los varones y las niñas, de los hijos y del primer tataranieto.

No recordaba de cuál de los niños de cuál de las generaciones había sido aquella muñeca rota. Podía haber sido de tantos. Pasaban confusamente por su memoria. Gordos infantes, con gorros, sin gorros, con chupones en la boca, con llanto, rodeados de aquel eco atiplado de voces de mimo.

Ahora también le ocurría confundirlos. En los días de celebración, el día del Santo, el nuevo año, venían niños, los hijos de los hijos, los más jóvenes, los primeros hijos de los nietos, mezclados con madres, cargadoras, visitantes y resplandor de muchas velas encendidas sobre tortas nevadas. El nombre de la última nieta se lo daba a la primera biznieta. «Tú eres Teresa.» No era Teresa. Podía ser Elvira o Livia o Julieta. Julieta no, ya era más grande. Ya vestía con coquetos alardes su traje de adolescente. Ésa había sido más bien la tercera hija. La última biznieta usaba siempre aquellos horribles pantalones de varón que parecían viejos y usados.

Siempre se cumplía un aniversario o un santo. Los días iguales no habían cambiado sino por las casas, por los muebles y por los que aparecían y desaparecían. Se celebraban bodas, nacían nuevos niños. Moría el tercer marido. Ella estaba siempre con su traje pulcro, lleno de gentileza, sonriente y repitiendo aquellas frases que siempre decía como si nunca las hubiera dicho antes: «Estás muy bella.» «Qué alegría me da verte.» Eran besos en las frentes y en las mejillas. Eran los regalos. Los postres, los floreros de cristal, los frascos de perfume. La niña que entraba un día de bautizo volvía a salir otro día de matrimonio. ¿Era Julia o Ana?

Entre el primero y el segundo marido había estado poco tiempo sola. Entre el segundo y el tercero fue más largo. Pero fue más largo el matrimonio con el tercero. Un hombre más quieto, en una misma casa, con un ritmo inalterable de horarios y costumbres. Llegó casi a suplantar a los otros en el recuerdo, a ponerlos lejos. Era también de quien le habían quedado más cosas, bastones, paraguas, estuches de cigarrillos y algunos trajes que nunca se decidió a regalar. Fue al lado de él que envejeció. En años lentos y sin cambios. No cambiaban sino los nuevos niños de los hijos, de los nietos y ahora de los biznietos. Era como la sucesión de las mañanas y las tardes, de las noches y los días. Todos habían terminado por llamarla con el mismo nombre que le habían dado los niños: «Yayá.» Los hijos más viejos y los últimos niños decían y retomaban aquel nombre como un eco. Era menos fácil distinguirlos. Aquellas dos sílabas de balbuceo que salían de todas las bocas como en un juego de escondite y simulación. Como cuando venían en el Carnaval los más pequeños con los mismos disfraces que año tras año había visto reaparecer con cada nueva generación. El pirata, el vaquero, el indio, el mosquetero. Con la misma voz nasalizada: «¿A que no me conoce?» Era aquel mismo adivinar de todos los días para poner un nombre sobre aquel rostro parecido a otros que decían las mismas palabras.

Con las memorias de los maridos la confusión crecía. Había descendientes del primero. Eran los más. Algunos del segundo. Del tercero no había tenido hijos, pero era el que por más tiempo había hecho el papel de padre de la familia.

A veces decía a un niño: «Tu abuelo Antón» o «Tu abuelito Santiago». ¿Pero era realmente aquél su abuelo? No era ésta la biznieta de Antón, sino la de Santiago. «Tu abuelo», decía y se quedaba en suspenso como buscando en el recuerdo.

Desde que murió el tercero había pasado mucho tiempo. Tanto tiempo que ahora le parecía que siempre había vivido sola, como ahora. Sola en aquella casa llena de viejas cosas, con sus viejas sirvientes y la visita continua de la multiplicada familia que crecía todos los días. Siempre había un nuevo matrimonio o un nacimiento que iba a ocurrir.

Lo que aparecía en el pedazo de vidrio ahora era aquel cuello flaco y descolgado, aquella piel que se plegaba como una tela usada. Era lo mejor que había tenido. Aquel cuello largo, elástico, que parecía una columna viva. Ahora era tan sólo aquel nudo de tendones, de surcos, de grietas de ancianidad. Apartó la vista.

Cada pedazo del espejo debía ser un año de desgracia. Si se pusiera a contarlos ahora podría ver cuántos le faltaban. Tal vez no muchos. No le gustaba recordar su edad, no se la decía a nadie. «¿Tú eres muy viejita, Yayá?», preguntaba uno de los niños. «No tanto, no tanto.» Podía recordar muchas cosas remotas. Su primer traje de bodas que era una catarata de raso blanco y de encajes, o el segundo y el tercero que fueron unos «tailleur» de colores alegres. Uno fue rosado, el otro azul pálido. O todos los trajes de novia tan diferentes y cambiantes que, año tras año, había ayudado a escoger para hijas y nietas y biznietas. Y ahora venía el tiempo de las tataranietas. ¿Cuál era el matrimonio que se preparaba ahora en la familia?

Desfilaban rostros, desfilaban voces, desfilaban nombres. Se daba cuenta de que confundía. Procuraba no ponerse los anteojos, pero aun cuando los tenía puestos no veía con claridad. A ciertas distancias las fisonomías se fundían en un empastado blando y casi informe. Era más por la silueta, o por la voz que podía reconocer. Además, los presentes se parecían mucho a los ausentes. A veces estaba pensando en un ausente o en un muerto cuando tenía que responder a aquella presencia confusa que se le había puesto por delante. Y era al ausente o al muerto a quien nombraba. «Santiago.» Santiago era el primer marido, ya muerto, y el primer hijo, ya viejo, y también uno de los nietos y uno de los biznietos. Cuando lo nombraba no sabía a cuál de ellos estaba nombrando o ni siquiera con quien hablaba. Era una voz de niño o de hombre, que volvía en respuesta, pero no era en él en quien estaba pensando cuando lo había nombrado. Lo mismo pasaba con el nombre del segundo marido y hasta con el del tercero, a pesar de que no habían tenido hijos. No había tenido hijos de Antón, pero por darle placer le habían puesto el nombre a uno de los nietos y éste, a su vez, se lo había puesto a un hijo. Era un juego de adivinanzas y de sombras. ¿Con cuál Santiago hablaba? ¿Cuál respondía?

Podía a veces creer que le respondían los que no estaban presentes. Porque tampoco oía bien. Las voces le llegaban incompletas, asordinadas y lejanas. O hablaban demasiado rápido o demasiado bajo. Era más adivinar lo que decían que oír. Y luego no sabía si le hablaban a ella o hablaban entre ellos. Si esperaban respuesta o no. O ni siquiera si era una voz de persona o un ruido de mueble o de puerta o de ladrido lejano. A veces oía voces y buscaba con los ojos turbios sin topar con nadie en la estancia vacía. A veces, también, se ponía a hablar sola. Era entonces cuando hablaba con los muertos y los ausentes. Cuando casi oía las réplicas que no le daba nadie. Cuando reanudaba viejas discusiones. Las que había tenido con el segundo marido en las madrugadas de regreso de la casa de juego. Pero a cada vez, sin darse cuenta, modificaba y mejoraba su parte en el diálogo. Decía mejor lo que había dicho antes o lo que hubiera debido decir. Alzaba la voz, sin darse cuenta, y entraba una criada. «¿Usted llamaba?» «No, no. Estaba... recitando.» Porque también a solas recitaba a veces. No sabía de quién eran aquellos versos que se le habían quedado de niña. No pasaban de un cuarteto. Tenían un tono enfático y pleno que la halagaba.

Había ido oscureciendo y el espejo se había ido llenando de sombra. Ahora no se divisaban facciones sino estrías de luz sobre la lámina quebrada. Con sumo cuidado lo volvió a colocar en el baúl. Recogió la muñeca y los trapos dispersos y los colocó encima. Cerró la tapa con lentitud. Fue entonces cuando oyó que la llamaban. Desde abajo, como un eco, había oído su nombre. Puso la mano en el oído para recoger mejor. Ahora no oía nada. Pero había oído. Se levantó con dificultad.

Tomó el bastón que tenía apoyado al respaldo de la silla y buscó a tientas la escalera. Comenzó a bajar. A cada pisada crujían los peldaños de vieja madera. La casa estaba oscura y no se oía ruido alguno. A medida que descendía le iba pareciendo más extraña la soledad y hasta la dimensión de la casa.

Era de abajo que la habían llamado. Tal vez desde la puerta. No había distinguido si era voz de hombre o de mujer. Pero la habían llamado. No se veía a nadie. No se oía nada. Todo parecía solo.

Comenzó a llamar. ¿A quién llamaba? A la criada. A las criadas también les confundía el nombre. Habían sido tantas y se habían llamado de tantas maneras diferentes. Era la suya aquella voz maullada que parecía disolverse en el espacio oscuro. Llamó con más fuerza. ¿A quién llamaba? A un nombre de mujer o de hombre. A Santiago o Antón, el marido o el hijo, o a una de las tantas Teresas o Julietas, que pasaban desde las hijas ya canosas hasta alguna biznieta.

Le habían respondido. Era tal vez un eco de su propia voz, de su propio paso, del sonido de aquel mueble con que había tropezado. Alguien estaba. No podía distinguir en la penumbra. Alguien que le había dirigido una palabra, que le había dicho su nombre. ¿De quién era aquella voz? Iba avanzando lentamente y nombrando nombres. Con el bastón buscaba el paso entre las sillas y las mesas, junto a los tiestos de palmas. No debía ser una voz. No debía haber nadie. ¿Qué día era hoy? ¿Martes o jueves? ¿Quiénes eran los que iban a venir esta tarde? Se oían ahora voces pero lejos y de la calle.

Se detuvo y sintió miedo. La casa estaba vacía.

LA MOSCA AZUL

Los muchachos venían silbando por la vereda que atravesaba el potrero. El que venía adelante iba mordisqueando una guayaba.

Se acercaban a un ancho mango oscuro que se alzaba como una colina de sombra entre la soleada verdura del potrero.

—Míralo donde está dormido. Mírale la narizota colorada.

Mira a José Gabino.

Recostado al tronco dormía José Gabino. Era un lío de trapos sucios y desgarrados.

Debajo del sombrero hecho hilachas le asomaba la cara barbuda y la nariz roja.

El muchacho le lanzó la guayaba. El fruto amarillo estalló en el tronco, junto a la cabeza. El dormido abrió los ojos con susto.

—¡José Gabino, ladrón de camino!

—¡José Gabino, ladrón de camino!

Chillaban los muchachos desde lejos. El hombre se paró, enfurecido, buscando una piedra.

—La madre de ustedes. Ésa es la que es.

Buscaba piedras, soltaba maldiciones y ya toda la cara se le había puesto roja como la nariz.

Los gritos de los muchachos se alejaban huyendo por entre la alta hierba del potrero. José Gabino lanzó dos o tres piedras con desesperada violencia. Escupió. Tenía la boca seca.

Se volvió a tender refunfuñando.

—Un día de estos voy a coger uno de esos vagabundos y le voy a aplastar la cabeza con una piedra lo mismo que una guayaba. Para que aprendan a respetar. Faltos de padre y de palo. ¡Pila de vagabundos!

Se volvió a poner el sombrero sobre los ojos. Ya no era de ningún color ni de ninguna forma. Era color de tierra y de sombra, y por eso a veces parecía que no tenía cabeza, sino un hueco oscuro y sucio, y a veces parecía que llevaba un zamuro dormido parado sobre los hombros.

—¡Hummm! Pero no lo cambio por ninguno. Sombreros como éste ya no los hacen ahora.

La pringosa suciedad y la intemperie lo habían puesto áspero como la superficie de una piedra.

Éste era el sombrero del circo.

—Yo se los he dicho. Pero esos muchachos no respetan. Creen que todo el mundo es igual. Yo se los he dicho. Éste es el sombrero del circo. José Gabino, trapecista. El doble salto mortal. José Gabino el rey del alambre. Lo hubieran visto, para que respetaran. Míster Pérez se paraba en la pista, con su pumpá y su látigo. Y empezaba esa música. Y aquel alambre lisito y largote.

—Mentira, José Gabino. Mentira. No digas tanta mentira, José Gabino. Tú no fuiste sino payaso. Y dos noches. Cuando se enfermó el payaso al llegar al pueblo con un dolor de barriga. Si hubieras sido equilibrista.

Se ha despertado de nuevo. El sol se ha puesto amarillo. Se acerca la tarde. Cuando entreabre los ojos divisa un borrón azul sobre la nariz. Se esfuerza por ver más claro.

Es una mosca azul. Grande, metálica, brillante. Parece de vidrio de collar. Se restriega las patas delanteras. José Gabino lanza un manotazo.

La mosca vuela con un zumbido grueso.

Ésas son las moscas que se les paran a los animales muertos. Brillan en las inmensas barrigas de los caballos muertos.

José Gabino vuelve a mirarse la nariz. Sigue allí el borrón azul. Da otro manotazo. No es la mosca. No se va. Es una mancha. Se restriega y no se borra.

—Animal maldito. Me hizo el daño.

Siente malestar y pesadez. ¿Cuánto tiempo estaría aquella mosca azul metiéndole el daño por las venas de la nariz?

Se levanta pesadamente. Siente el mal que le anda por dentro. Ensarta en el palo el atadijo de trapos donde lleva sus cosas y se lo tercia al hombro. Se echa el sombrero hacia el cogote. Sale de la sombra del árbol hacia el sol y arrastrando un poco los pies coge la vereda.

Había caminado más despacio que de costumbre. Cada vez que hallaba un árbol se paraba a refrescar. Se sentía fatigoso y febril.

Tenía en los oídos un zumbido parecido al vuelo de la mosca azul.

De lejos divisó el rancho de María Chucena y el blanquear de las gallinas en el patio.

—María Chucena me puede dar alguna toma. Si tuviera un guarapo de raíz de mato me pondría bueno en un saltico. Eso es como la mano.

Había llegado al patio y debajo de un

taparo espeso se detuvo de nuevo. Las gallinas escarbaban y picoteaban en el suelo. Un pavo se hinchaba y deshinchaba ruidosamente. José Gabino escupió la espuma seca que tenía en la boca.

Sentía la cosquilla del hambre en las encías. Aquella gallina blanca en un buen caldo lleno de medallones de grasa. Aquel pavote asado. Se lo iría comiendo hasta dejar los huesos limpios.

En otros tiempos hubiera podido de un salto echarle mano a aquella gallina que estaba allí junto a él picoteando en la raíz del taparo. Pero ahora no podía. Estaba muy pesado. La gallina hubiera revoloteado, alborotando el patio.

Pero quién quita. Casi sin darse

cuenta se fue agachando. Estiraba la mano suavemente hacia la gallina, como cabeza de culebra. Un poco más y estaría en posición de lanzar el manotazo y agarrarla por el cuello.

—Guá, José Gabino, ¿qué haces ahí tan callado?

Era la voz de María Chucena que salía del rancho. Escondió la mano con rapidez y fingiéndose más dolorido dijo:

—Aquí he venido arrastrándome, para pedirle un guarapito —la india María Chucena lo conocía bien.

—Está bueno. Pero no se me le acerque mucho a las gallinas, José Gabino. Entre usted y los zorros no van a dejar pavo ni gallina por estos campos.

Se sonrió disimulando. Veía a la india rolliza y prieta que se había ido acercando con cara burlona y desconfiada.

Mientras se levantaba le dijo una de esas cosas que repetía con frecuencia en casos semejantes, y que no sabía si eran suyas o si las había oído de otros.

—Si eso no es verdad, María Chucena. Maldades de la gente. Yo no me robo los pavos ni las gallinas. Lo que pasa es que se vienen conmigo por su gusto.

—¿Por su gusto, José Gabino?

Iban caminando hacia el rancho.

—Sí. Yo les converso y nos entendemos.

Empezaba a sonreír mientras hablaba y veía de reojo a la india María Chucena que sonreía también.

—Yo no hago sino decirles: «Pavitos, ¿nos vamos?» y ellos contestan ahí mismo ligerito: «Sí, sí, sí.»

María Chucena se sacudía de risa.

—«¿Qué llevamos de avío?» «Fiao, fiao, fiao.» «¿Y si nos van a coger?» «Huir, huir, huir...»

María Chucena, riendo, entró al rancho a buscarle el guarapo. Él se sentó en el travesaño del quicio.

—¡Ah, José Gabino éste! Siempre con sus cuentos y sus marramucias.

Cuando regresó con el guarapo José Gabino estaba limpiando con un trapo una sortija de metal amarillo que le brillaba en la oscura piel de un dedo.

—¿Y esa sortija es de oro?

—¿Y de qué va a ser, pues? —respondió en forma evasiva.

—¿Por qué no la vendes, José Gabino, en vez de estar pasando tanta hambre y tanto trabajo?

Mientras tomaba a sorbos la caliente infusión, el hombre hablaba:

—¿Vender yo esta sortija, María Chucena? Eso no es posible. Primero me muero de hambre diez veces. Ésa me la regaló nada menos que el General Portañuelo. Sí, señor. Después de la pelea del zanjón.

Entornaba los ojos como reconcentrado en el recuerdo.

—Ese día se peleó muy duro. Yo mandaba una guerrilla. Hubiera visto a este servidor entrándole al plomo.

Yo no digo nada, pero el mismo General Portañuelo, cuando me dio la sortija, le dijo a toda la gente: «Yo he visto hombres guapos, pero lo que es a José Gabino hay que quitarle el sombrero.»

María Chucena no le creía nada.

—Yo no sabía que también habías sido militar. Yo sabía que habías sido policía en el pueblo. Y también te conocí cuando andabas con una petaca de mercancías vendiendo por las casas.

—Es que yo soy torero, María Chucena. De todo he hecho un poquito.

Le volvía el malestar y el zumbido. Terminó de tomarse el guarapo.

—Estoy mal. Al mediodía me picó una mosca azul en el potrero. Ya se formó la mancha en la nariz. Tengo el cuerpo todo cortado, como si estuviera prendido en calentura.

Pero ya María Chucena ni le contestaba, ni le hablaba. Había recogido el pocillo vacío y estaba como aguardando a que se fuera.

—Ya como que es tiempo de que siga —dijo el hombre, levantándose—. Andando ligero tengo tiempo de llegar al pueblo antes de que me coja la noche. Pero qué voy a andar ligero con esa pesadez que me ha entrado. Me cogerá la noche donde Dios quiera. Vámonos andando, José Gabino, que el camino no estorba y barco parado no gana flete.

No hubo despedida. La mujer lo vio atravesar por entre las gallinas y no se metió para adentro hasta que lo vio tomar el camino y alejarse.

Mientras caminaba sentía un frío doloroso en los huesos. Se arrebujó en el saco y hundió las manos en los bolsillos. Eran hondos, deformes y alcanzaban toda la extensión del forro. Las manos tropezaban con cosas duras y blandas de distintas formas. Llaves viejas, papeles, semillas, mendrugos, corchos.

Aquél era el saco de la quincalla. Ya tampoco tenía color ni forma. El turco Simón se lo había dado junto con el cajón de buhonerías. Se podía entrar en las casas, hablar con las mujeres, echarle el ojo a las cosas buenas que podían estar sueltas, conocer los cuentos de todos los vecindarios.

A veces le sonaban aquellos bolsillos llenos de monedas. Se asomaba al patio, ponía el cajón en el suelo, le hacía cariño al perro, hasta que se oían las chancletas de la mujer que venía de la cocina.

Empezaba entonces aquella larga discusión y aquel regateo y aquellas cuentas difíciles que había que sacar con lápiz en un ladrillo. Empezó a oír una campana. Era la campana de un arreo que venía por el camino. Seis burros y dos arrieros. Lo alcanzaron.

—Buen día.

—Buen día.

—¿Cómo que van para el pueblo?

—Vamos para el pueblo a coger carga para regresar con la fresca de la madrugada.

—Ajá. ¿Y de dónde vienen?

—Somos de La Cortada.

—Cómo no. Conozco mucho el punto. Allí estuvimos acampados cuando la Miguelera.

Ya se le empezó a soltar la lengua a José Gabino.

Pero el malestar lo dominaba.

—Pero eso era cuando estaba muchacho. Ahora ya estoy viejo carranclo y no sirvo para nada.

Poco hablaban los arrieros.

—Esta mañana me picó una mosca azul y tengo ese cuerpo echado a perder. Si me dejaran montar en uno de esos burros hasta el pueblo sería un favor que se los pagaría Dios.

Se acomodó en la enjalma con dificultad, sentado de lado.

Los arrieros lo ayudaron a montar en el burro campanero. Mientras procuraba asegurarse mejor tropezó su mano con una botella pequeña que venía atada a un extremo de la enjalma. Ya no quitó la mano de allí y al tacto fue recorriendo la atadura.

La tarde, que estaba en su última hora, se había hecho más clara, alta y transparente. José Gabino había empezado a quejarse a ratos, pero no dejaba de hablar.

—Yo no sé cómo me pudo picar esa bicha. Y esa picada es gusanera seguro. Si me hubiera podido tomar un guarapo de raíz de mato.

Uno de los arrieros le respondió:

—Sí, señor. Muy buena es la raíz de mato para las picadas. Pero también es muy buena la oración de San Joaquín. Yo he visto curar mucha gusanera hedionda con esa oración.

José Gabino se mecía pesadamente sobre el burro. La mano seguía recorriendo la atadura y la botella. El dedo grueso oprimió las hojas frescas que tapaban el gollete.

—Tenga mucho cuidado con la luna —decía el otro arriero—. Tápese bien. Porque si le dan la una se le pasma el mal.

Ya está metiendo el dedo por la punta del gollete.

José Gabino se llevó la mano a la nariz. Olía a aguardiente. Era aguardiente lo que tenía la botella.

Se estaban aproximando al pueblo. Se veían las oscuras arboledas y se oían los ladridos de los perros de los primeros ranchos. Ya casi era de noche.

La mano de José Gabino trabajaba rápida en desatar la botella.

—Yo conocí mucho a un hacendado de La Cortada. Ése era el hombre al que le he visto las mejores mulas. Y mire que yo sé de bestias. Tenía una mula rosada que era una señorita por el paso. ¡Qué animal tan fino!

Ya había desatado la botella y con disimulado movimiento la echó en el profundo bolsillo de su saco.

Estaban en las primeras casas.

—Yo aquí me quedo. Muchas gracias por el favor y que Dios los lleve con bien.

Los arrieros los ayudaron a bajar y siguieron con su recua.

Ya estaba más oscuro. Pero la luna, que subía, iluminaba el pueblo. José Gabino sacó la botella y se empinó tres grandes tragos. No había más. Esgarró con estruendo, escupió y lanzó lejos la botella. Se veían las luces de la plaza.

Y se divisaba gente a la puerta de la pulpería. Por allí cerca andarían los muchachos correteando.

Al verlo empezaría la grita:

—¡José Gabino, ladrón de camino!

No se sentía con ánimos de defenderse. Eran ganas de descansar las que tenía. Ganas de echarse. En la brisa venía un turbio olor de melaza. Venía del trapiche del paso del río. Allí estarían las bagaceras repletas de bagazo mullido.

Hacia allá se encaminó por una calleja honda y sola como una acequia seca. Arrastraba los pies pesadamente y el malestar lo envolvía como niebla.

—¡Ah, malhaya! Ya no puedo ni con mi carapacho.

A la luz de la luna ya veía la gruesa torre de trapiche y los oscuros techos aplastados. Una lámpara lucía por entre una puerta lejana. Se oían ladridos de perros. La bagacera blanqueada a la sombra de un cobertizo.

Allí se llegó y se tendió José Gabino.

Puso al lado el palo. Sacó el atadijo que llevaba al extremo de él y estuvo hurgando un rato. Aquello frío y redondo era una medalla del Carmen. Hizo el gesto de santiguarse. Aquello duro, liso y puntiagudo era un colmillo de caimán. Muy bueno contra la guiña y la mala sombra. Allí estaban también los dados. Habían sido de un francés cayenero que los sabía componer muy buenos. Y aquel pequeño disco grueso era una piedra de zamuro. No había mejor talismán. Se lo había curado la bruja de Cerro Quemado. Aquéllas eran unas hojas secas de borraja. Aquél era tabajo en rama. Las barajas. Se le había perdido la sota de bastos. La navajita. El espejito.

—Cuando al mato le pica la culebra sale derechito a buscar la raíz, la muerde y no le pasa nada.

Pero no tenía raíz de mato.

Estaba tendido largo a largo y ya no hurgaba más en el atadijo. El tibio aroma del bagazo le aumentaba el sopor.

—José Gabino se va a morir de mengua. Clavó el cacho José Gabino. Lo picó la mosca azul. José Gabino, ladrón de camino. Faltos de respeto. Un hombre como yo. Faculto y completo. Ahí, botado en la bagacera. Y tanto vagabundo acomodado. ¡Ah, mundo! Un hombre dispuesto para todo. Lo mismo para un barrido que para un fregado.

—Eso es mentira, José Gabino. Esto

es mentira. No sirves para nada. Tú no eres sino un viejo borracho. Enemigo de lo ajeno. Ladrón. Ladrón de camino. Esa sortija no es de oro. Esa sortija no te la dio ningún general en ninguna guerra. Es de cobre y tú la robaste creyendo que era de oro. Pero es de cobre. De cobre hediondo. Huele para que veas. No sirves para nada, José Gabino, para robar y decir mentiras.

—Se va a morir de mengua, José Gabino. Se va a morir de mengua. Lo van a encontrar tieso como un perro en la bagacera. Así no se muere un hombre. Con tanto frío. Con tanta tembladera. Virgen del Carmen, no me desampares.

El traqueteo de un carro de bueyes lo

despertó. La mañana estaba clara. Cantaban gallos.

José Gabino se sentó entre los bagazos. Todavía sentía un poco de pesadez. Recordaba vagamente la noche y el día anterior.

Se sentía liviano y como con pocas fuerzas.

—Bien malo estuvo anoche.

Todo le parecía reciente y fresco.

Se acordó de la mosca azul.

—Fue aquella mosca azul.

Entornó los ojos para mirarse la nariz. No se le veía mancha. Toda estaba roja y lustrosa.

Respiró profundamente, conteniendo el aire en el pecho.

Alcanzó con la mano un pedazo de

caña cortada. Sacó del atadijo la navaja, le quitó la corteza, y empezó a mascar con avidez la pulpa blanca y jugosa. El líquido dulce le corrió por las fauces resecas.

Estuvo mascando un largo rato. Después se levantó, se acomodó el traje, se puso el sombrero, se terció a la espalda el palo con el atadijo y tomó hacia el camino.

La mañana nueva se extendía por la inmensidad de caña, por las arboledas, por los cerros.

Pasaba una carreta de bueyes.

—¿Me deja montarme, jefe?

El gañán lo ayudó a montar.

Se sentó de espaldas en el extremo trasero, con las piernas colgando. Veía el camino salir lentamente por debajo de la carreta, por debajo de sus pies. Su sombra se proyectaba sobre el borde cuadrado de la carretera y arrastraba por el camino.

Iba como sosegado y en paz.

Al rato alzó la voz, entre el traquetear de las ruedas:

—¿Éste no es el camino de La Quebrada?

En el villorrio de La Quebrada debían estar en las fiestas patronales. Cohetes. Campanas. Fritangas. Gentío.

—No. Éste es el camino de La Concepción.

Volvió a quedar en silencio otro rato. Por un lado fue asomando un rancho. La cerca de un corral. Muchas gallinas.

No se veía gente. Los ojos se le iluminaron. Con un movimiento ágil José Gabino se deslizó del borde de la carreta y vino a quedar de pie en el medio del camino.

ÍNDICE